ちくま文庫

適切な世界の適切ならざる私

文月悠光

筑摩書房

目次

単行本未収録詩

落花水

落花水

透明なストローを通して美術室に響く
〝スー、スー〟という私の呼吸音。
語りかけても返事がないのなら
こうして息で呼びかけてみよう。
画用紙の上の赤い色水は、かすかに身を震わせ、
あらぬ方向へ走りはじめる。
やがて、私の息の緒に触れてしまったように
つ、と立ち止まるのだ。
小指の爪にも満たない水彩絵の具は

水に溶け込み、赤い濃淡で
夕暮れをパレットに描きだしている。
その一片を筆でさらい、画用紙に落としては、
まっさらな肌が色を受けつけるまで
しばし頬をゆるめた。
ストローを動かしながら
気ままな水脈に再び息を吹き込んでみる。
私の青いシャツに、赤い色水が跳ねて
まるくなった。

〈彩る意味を見いだせないこのからだ。
「お前に色なんて似合わない」
そう告げている教室のドアを〝わかってる〟と引き裂いて、焼けつくような紅
を求めた。古いパレットを、確かめるように開いてみるけれど、何度見てもそ

ここには私しかいない。それは、雨の中でひっそりと服を脱ぐ少年の藍)

色に奪われた私の息吹が
画用紙の上で生き返る。
水となって吹きのびていく。
この水脈のたどりつく先が
誰かの渇いた左胸であれば、
私もまた、取り戻せるものがある。
取り戻すための入り口が
まぶたの裏に見えてくる。
「水になりたい！」
風に紛れて、雲をめざし駆けのぼる私。
白い雲の頂で手をつき、
密やかにしゃがみこんだ。

あるとき、筆にさらわれて
ぽっと街へ落とされたなら、
風で膨らむスカートのように
私は咲いてみせよう。

12

戯《あそ》び

幼い頃、もう名前も忘れてしまったけれども
ある女の子と、公園の砂場に蟻を埋めて遊んだ。
砂をかけると、蟻は驚き、動きを止める。
やがて思い出したように、砂の下で暴れ始める。
黒い針金のような手足が
むくむくと砂を波立たせ、渾身の力で打つ。
女の子は、そうして這い出てきた蟻たちを
一匹、また一匹とつまみあげ、
四角い透明なピルケースに集めていった。

砂に溺れた末に生還した蟻と、
そうでない蟻、
両者に何の違いがあるのか――。
ただ、生還者が収集されるケースは
とても病的な
(思えば、あの焼けつくほどに甘い小児用粉薬の)
オレンジ色をしている。
蟻たちは、その色を絞ったような
無数の星々となり、
四角い〝世界〟の中でうごめいているのだった。

(にらみつけた先は、けして暮れることのない夕空。〝夜闇が口を開く間際〟、
そんな張り詰めた一瞬を焼きつけたまま、時間を止めているこの〝世界〟。
今こそ疾駆せよ!

夕日を踏みつけ、
夜をむかえに走ろう。
オレンジ色に染まりながら、爪を立てて生きてみたい。けれど、本日はお日柄もよい埋葬日。砂をかける誰もが、埋もれゆく私を愛おしげに見つめている。この視線こそが私を殺す。だが一度死せようとも、この身体はむくむくと力を蘇らせるのだ。五感を塞ぐほどの砂に息を詰まらせても、屈しはしない。砂から身をもたげるとき、私は生まれかわるのだから。さぁ、この身に砂を）
「かけて、早く」
ぼうっとケースを覗いていた私に
女の子から叱責の声が飛んできた。
汗ばんだ手で咄嗟に砂をつかみ、
蟻へ向かって垂直に落とした。
砂の手から逃れようと身をよじる四肢を
まなざしでそっと慈しむ。

いきものはたいせつにしましょう、
揺れ動く思考の隅で
いつかの保母さんが私を糾弾している。
けれども、
消えそうで消えない明かりみたいに
がめつく生きるお前は、
本当に儚いいきものなのだろうか？
蟻よ、長らえることはないのだ。
生に食らいついて、
流星のごとく消えていけばいい。
その瞬きを、けして見逃しはしないから。
私は言われるがままに、蟻へ砂をかけ続けた。

「いたっ」

不意に声を上げて、女の子が手首を振った。
蟻に嚙まれたらしいそのひとさし指は
夕日に映えて
幼い私を責めるように美しかった。

花火

（ひょろろろ……と勢いよく放たれた一匹の精子は、夜空のシーツを目指してまっすぐ駆ける。寸前で尾の動きをゆるめ、まどろむように卵の中へ入っていく。音と色のしぶきを浴びて、私は浴衣の帯をそっとゆるめた。降りそそぐ受精卵を腹に受けとめるため、袂をあけて空を仰ぐ。橋の桟には艶やかな女たちが詰め掛けていて、精子に手を振っている、夏の景色）

橋のむこうから響く花火の音が
足音のように迫りくる。
心臓が脈打った後を

鼓動が追いかけているのだ。
花火、打ち上げ花火。
背中に花火の音を受けて
自転車のペダルは回る回る。
人々の熱気を吸って
私の黒目は開く開く。
夜空はその視線を恥じらい、
赤いつぼみをとじるとじる。

叩いた手の合間に
本当の花が開いて満ちる。
そこに咲いているもの、よ。

おとこ

人参に水を浴びせ、しぶきを飛ばす。
この手に見初められるまでの数日間
野菜室の暗がりに息をひそめていたその人参は、
痩せほそることもなく、
ずっしりと私を待っていた。
彼のいびつな先端には、力強いふくらみがある。
そこに行き当たる度
私の手は少しわずらわしそうに立ちどまるのであった。
さぁ、彼を料理せよ。

皮を剝ぎ取られた瞬間に浮かび上がる羞恥さえも。
彼の頭から身を起こす小さな葉、
その根を探りたくて
満ちた月のような頭に刃を突き立てる。
人参の、大きい円から小さい円、
ちょうど、スクリーンから映写機へ
光の道筋をたどる観客の目で、彼を切り出す。
円の中心は黄色くて、甘い。
甘い光。
円を積み上げ、包丁を握りなおす。
サック、
光の破片が、白いまな板に刺さった。

（月光に手首をつらぬかれたまま、少女は眠る。ほどけた光の雨が彼女の手首へ伝い落ち、夜をおぼろに明かすとき、月のクレーターの一片は緑に萌えはじめた。光を吸い上げて瑞々しく輝くそれは、少女を目指し、葉を伸ばす。彼女のうなじをすり抜け、黒髪にやさしく触れたのち、唇にこっそりと紅をさした。けれども、少女は光の鳥かごの中で膝を抱え、なお眠り続けている。その深い眠りの奥地には、一筋の白いけむりが秘められているのだ。とぎれとぎれに漂うけむりを追いながら、彼女は満ちゆく煙草の匂いにまぶたを震わせた。さながら、かつての彼が白い舌をくゆらせ、少女をいたぶっているかのように。月が、茂らせた葉を耳元で鳴らしてみせるが、彼女は目覚めない。匂いだとか痛みだとか全て、刻まれている、深く深く。生身のからだなのだから）

断ち切った光たちを一つに寄せ集めれば、

再びそれは私に眩しく笑いかける。

彼だ。

その笑顔をひとつかみ、湯気の中へと放り込む。

刹那、鮮やかにひるがえる赤。
鍋底の息づかいにあそばれながら
すました顔で私を見上げ、誘ってみせる。
「人参、あんたの何も知らないところ、よく似ているんだ」
私は慈愛のまなざしでほほえみかけて
彼の姿を蓋で隠した。
ふつふつと熱を抱く鍋の音を聞き、
今度こそ微笑する。
私にマンマと食われてしまう、
ただそれだけのことが
快いなんて
彼もまた、おとこなのだ。

横断歩道

通学かばんの取っ手が肩にくい込み
ハタ、と立ち止まった。
振りむくと、
ちいさな男の子が
私のかばんの手を引いている。
彼の向こうには
色とりどりのランドセルが無秩序に並んでいた。
その一つ一つに
鮮やかな黄色いワッペンが留められており、

奇妙な配色をなしている。
ワッペンの安全ピンを刺す母親の手つきは
交通事故傷害保険。
ランドセルから無数のつむじ頭が見え隠れしはじめる。
あわてて自転車にまたがり、ペダルを踏み込んだ。
けれども、
赤信号を渡れない子どもたちの足音は
私の背中におぶさって
ゾロゾロと行進をはじめるのだ。

(詩を、生きる信号としたために、私は幾度もことばに轢かれた。痛みをこらえ、うずくまっていると、西日で焼けた活字にジィッ……と血が染み込んでいく。ことばの吐いた光が、目に入ってあばれる。盲目のまま這い出したところを、音につかまった。手には〝て〟を重ね、口には〝くち〟を合わせ、私に

〝わたし〟の根を張り、ことばの音は密生する。その営みが終わらない。私はただ、詩を書きたい、それだけなのに）

青信号の点滅に私が踏みとどまるとき
ひとりの女が横断歩道へ歩み出る。
せつな、赤い光がその頬にさした。
赤信号を悠々と渡る、女のまっすぐな背中、
焦点のようなそれが忘れられない。
子どもたち！
幼い頃の記憶を見すえたまま、私は呼びかける。
色に従うことを余儀なくされた記憶から、
抜け出すための横断歩道。
あそこに照っているのは
赤や青黄に、ももすみれときわ色。

渡りきるまで、
たくさん轢かれてみよう。
ランドセルも道連れだ。
さぁ、この喉は声を発す。
だが、血も吹く！
保険おりるな。
だから
おりてこいよ、ことば。

適切な世界の適切ならざる私

天井観測

学校に行く意味はなかった。
朝七時一〇分。
時計の針がおじぎをしたら
私は規則的なフローリングの木目を踏みしめて
パジャマのすそを引きずらなくてはならない。
空白の中、
私の足もとを木目が駆けぬけていく。
ゆっくりと目を細めてみたけれど
この身体で何ができるのか、何をするべきか本当のことは誰も知らないようだった。
生きる意味は
どこに落ちているんだろう。
きれいに死ねる自信を
誰が持っているんだろう。
自分は風にのって流れていく木の葉か、
でなければ、あんたが今
くつの裏でかわいがった吸い殻ではないのか。
存在なんてものにこだわっていたら、
落ちていくよ。
『どこへ?』
橋の下さ。
保健室のベッドは非日常的。

ミルク色のタオルケットが
何かに酔いしれたようなつぶやきを
私の鼻にささやく。
「先生、このにおい、クスリ?」
先生は
「寝不足かねぇ……」
とだしぬけに私の目をのぞきこむ。
私の瞳が真っ暗な穴ぼこではありませんように。
けれど、私は先生のほくろに小さな闇を見た。
よく見ると、その闇はぱっくり口を開き、
静かな呼吸をくり返している。

保健室、天井を眺めるためのお部屋、
天井観測ベッド。

私は自分にまでも隔離されて、
ふと、翼が生えたような感覚に頭をなでられた。
その感覚は伸びきった四肢を食いつくして、
この肉体をさらっていく。
足の指一本一本が立ち上がりそうな。
そうしてタオルケットを抱きしめていたいような。
チャイムが鳴ってほしくない。
私はなでられた頭をふって、
天井の空を飛んでいた。
ああうれしい。

家に帰りたいと思うしくみが知りたい。
意味はないんだ。
たった今、吸い殻が落ちていたからね。

私は、なる

踏み込んでいく、暗転する以前の
鮮やかなフラッシュバック。
　小学校の卒業式で、まち針につらぬかれた少女がいる。
紅潮した頬に痛みが同居して、晴れやかに笑う。
しかし、私は無傷でいられなかった。
制服のスカートを翻し、通学路を引き返す。
終わらない音調を奏でる
あるピアノのことを想って。

先生には内緒だった。放課後、音楽室へ忍び込み、ピアノのふたをそっと持ち上げた。髪が音律にときはなたれる。黒白白黒白黒黒……配列を乱し、でたらめに鍵盤を追いかけた。音楽室がその歩調に合わせて倒錯していく。床が澱む。かたちないものに命火がともり、私を呼んだ。

「たすけて」

彼女がいる。

立ちすくむ私の手を強く引き寄せて、早口に告げる。

「誰かが、私は私だと決めつけるの」

彼女の瞳から目を離すことができない。もう一つのピアノがその瞳の中に立ち上がる。発想記号を脱ぎすて、放課後に乱立していく。

「私は私じゃないかもしれないのに、どうして」

卒業式に着たブラウスを
懐かしくひろげてみると、

袖口に光るものがある。
まち針の刺さった青いブラウスに
赤い造花がよく似合う。
母が抜き忘れた針を、
私もまた見つけられない。
（本当の帰路にたどりつけない）

彼女の黒目が残月のように色めき、鋭い。瞳の内でピアノが肥大して、音楽室を飲み込んでいく。

「私は私なのだとしたら／ほかの何者でもないだなんて」

それは
「「ありつづけなくてはならない？」」

私は私のままで死にゆくのよ、と彼女はつぶやき、音楽室から出ていった。

黒板に描かれた四分音符が水の流れに走り、変異を遂げる。

私は、なる。

すみやかな／
自己投影。

ブラウスの眠るタンスに、角からイバラが伸びていく。イバラのトゲが私の指をかすめとる。傷口を舐めていると、ブラウスの袖口を縫っていないことを思い起こした。けれど、針を突き立てた瞬間、ブラウスは青い布地をほとばしり、
朝の風へ消散していった。
反復する音調が（いまいちどあの鍵盤に）
彼女の、
そして私の瞳を

見つからない場所へと透いていくから。
とっくに卒業した／
私は私でありつづける。

下校

切りひらく、
革に光をはべらせたこのローファーで。
バスからとん、と降りてみたけれど
アスファルトと雪どけ水のはざま
私と通学路がかみ合わない。
削がれた自分に気づき逃れるとき
早歩きでさらに身を焦がしていく。
（下校、そのプロセスを壊せずにいる）
鞄を満たす教科書に呼びよせられて、

私の足もとから
一本のふたばが頭をもたげる。
ふたばは、濃い緑に成らば成らねと開きはじめる。その二枚の葉の間から、黒いものが垣間見えた。それは、小さなつむじ頭のようだ。私は瞬時に鞄を投げ捨て、駆け出した。
やんごとなき春
青いリボンとネクタイの生徒が
たえまなく生産されるのだ。

（春、教科書の字が萌えている）

アスファルトの道のむこう
ハンカチのような布きれが落ちている。
私はいぶかしく思いながらも

駅の入り口へ、
そしてピンク色のそれに近づいていく。
またぎかけた途端
布の赤茶けた染みが目に飛び込んできた。
焼きついたものは、まばたきと同時に
私の中へしのびこむ。
ピンク色のショーツを汚し
街は何を孕むのだろう。
明日の朝、芽生えているのは
ショーツか私の鞄か、
私自身なのか。
根こそぎ抜き取らなければ、
どれも
あたりまえに咲き誇ってしまう。

もっともらしい春の顔をして。

目覚め

飛び火して発熱する朝だ。
カーテンのたもとから
陽光が細くこぼれ、
塵が光っては影にとける。
まだ開ききらないまぶたを
じっと持ち上げてみるけれど
光が塵を降らせるというのは
確かなようだ。
その光景は、私の頭の中で

小魚の旋回、
波間へ投げ出される鱗の一片、
おお海！

適切な世界の適切ならざる私

突きたてられたコンパスの針をすり抜けようと、ページの端から／楓の葉が見え隠れしている。風につねられた葉先は丸みを帯び、葉脈をたどろうとしたとたん、黒い活字に埋もれていく。揺れ動くページの輪郭が角をすり減らし、描かれた球体を茹でこぼした。卵のよろいがてらりと光り、教科書は湯気の立ちのぼりに引き裂かれていく。

とたんに全てが不適切。

職員室で落とされたコーヒーの一滴は

インスタントの宿命を抱き寄せ、血色を晴らす。
こっそりと流し込んだ砂糖の袋を
女は引き出しの中に入れておく。
ゴミはくずかごへ、
そのように女の良心は痛みを抱えている。
結わえられたものが
引き出しの中で静かに
においこぼれている。
それは砂糖とも違う、
緩和された結び目となる。
ダイエットをしない先生も、
氷室の中では確かに妖女だ。

幼女が妖女になるとき。月の手にひかれて波はひしげる。点々と落とされた経血の紅から、それはアンタレスのあでやかさ。狩人オリオンの手から弓を奪った巨大サソリはいま、両腕を広げ、排卵している。天の川に隠された毒尾は月齢を知らないけれども、髪を結った少女の目に潮を吹きつけていく。

庭石の歪みが
はにかんだ蕾を立たせていたのに、
家に入ると、一階から二階のふくらはぎにかけて
花びらがまかれている。
バケツの縁から、花はいま
おだやかな
死に顔を咲かす。

ブレザーもスカートも私にとっては不適切。姿見に投げ込まれたまとまりが、組み立ての肩肘を緩め、ほつれていく。配られた目を覗きこめば、どれも相違

している。そこで初めて、一つ一つの衣を脱ぎ、メリヤスをときほぐしていく。それは、適切な世界の適切ならざる私の適切かつ必然的行動。

幼女である私の骨をひとかけら嚙み砕けば、キン、とするほどに冷たい。それは、幼女が妖女へ誘い込まれている証。凍てた爪先で氷盤に躍り出る夢が、ある夜半まぶたの裏に火をつける。氷室の火にくべられた骨々から、妖女が仄めく。身体の内から突かれるような痛みに、私は袂を振った。とたんにそで口から転がり落ちる骨のつらら。つややかに身をほどき、それは土に染み透っていく。

懐のドロップ缶がカタカタと震えだす。

骨が笑う。

私は氷室への旅路を急いだ。

私は〝すべて〟を覚えている

うしなったつま先

靴がない！
私は嬉々となって走り出した。
（先生、わたしの靴はどこですか）
ひそやかに唱える。
唱えたそばから
思わず笑みをこぼしてしまったので、
慌てて口を結ぶと
カラカラと赤いランドセルが鳴いた。
階段をひといきで駆けのぼり、校長室の角を曲がる。——行方知れずの運動靴の中で、光のつぼみがふくらんでいる。つま先に咲くのを待ちわびている——。コーヒーの湯気をたどった先に、新米教師の消えそうな肩を見つけた。新米教師は生徒を疑わない。ただ、「朝はあったのでしょう?」とつぶやくように問いかける。〝無垢〟な生徒を抱えた彼女は、教師の装いにすがりつくほかないのだ。やがて、荒れた頬があらゆる使命にほだされ、紅潮しはじめる。祈りを捧げるかのような一瞬のまどろみに酔う。私はそんな彼女を前にうつむいた、口元に含みをしのばせたまま。そのとき、大きく手を振って、新米教師は職員室を飛び出した。薄い唇を湿らせなどするその横顔。すれ違いざま、空を斬る。

私が玄関にたどりついたとき
彼女は隣のクラスの棚から
すでに水色の運動靴を見つけ出していた。
落胆を覚えながらも、
私は運動靴を受け取ろうと手をのばす。

だが、

「つぶれてるね、かかと」

教師は咎めるように言って、運動靴をさかさにした。

「画鋲なんて入ってないよね」

白い指から靴はだらりとつま先を垂れ、
二、三度大きく横に揺すられる。
音が光って床に散らばるはずのあたりに
彼女のまなざしがゆらめいた。
光が、枯れていく。

教科書を隙間なく詰めた通学鞄を背負い、
すりきれた革靴で、夕日を踏み分ける。
あの頃の
小さなつま先を失った私は

人影を踏んではならない。
けれども、ときには
つぶしていた靴のかかとを
こっそりと立ち上がらせてみる。
かかとに指を差し入れた私を
かろやかに
赤いランドセルは追いぬいていく。

洗濯日和

「干さないくせに回すなんて」
とぼやく母を尻目に、
私はまだぬくもりの残る制服たちを
水の中へ沈める。
腕を折り、首に手をかけられ、引きずり込まれるブレザー。
水はスカートをひるがえし、底の方へ駆け出した。
赤ランプは数えはじめる。
汚れが一掃されるまで
あの教室の記憶を消し去るまで

あと何分何秒。
粉せっけんの計量スプーンは水色をしているけれど
本物の水の色とは似ても似つかない。
せっけんをすくい出すと
袋の奥をまさぐったせいか、
指先が白い粉をまとっていた。
〝その手で何をしたの〟
粉せっけんは万能なので
どんな汚れの隙も突いてくる。
眼下では、泡のかたまりが
手を広げては壊れ、をくり返していた。
じゃんけんみたいでこっけいだ。
泡にグーで打たれ、チョキで切られた後、
包みこむパーはやさしい。

けれども、〝最初はグー〟なので
すぐさま泡はこぶしを振り上げる。
私はあっぷと息をつなぎ、
やっとのことでふたを閉じた。
ランプの点滅と共に、やがて脱水がはじまる。
打ちつけられ、こじゃれた声を上げる制服たち。
耳を塞いでその場を離れるが、遅かった。
家中その声であふれ、水が、泡が、私を飲む。
回る！
何度も叫んだ。
私を駆り立てたのは恐ればかりではない。
この私を洗い清めようとする彼らを
挑発してみたい欲求だ。
もみくちゃの言葉をはなっては、あざ笑った。

どこまで水に侵されていくのか、
確かめたかったのだ。
そうして、また口を開いたとき
もう水は入ってこなかった。
汚れが削られてもなお、
かたちとして自分が残っていることを
私は思いがけなく感じた。
ふたを持ち上げ、のぞきこむと
制服たちは互いに腕をからませ、寄り添っていた。
ようやく胸をなでおろす。
つられて涙も落ちる。
驚き慌てた私はつい、
「干しますったら……」
と今さら天井に向かって

声をふりしぼってみるのだった。

お酢ときゅうり

河童巻きの中身を
次々と抜き出して
酢飯に私の夜を孕ませた。
醤油をさすのももどかしく
裸のきゅうりをほおばる。
指を舐めながら
ふやけた海苔を酢飯から剝がす。
黒い、（フィルム）のようなそれも
口の中に加え、咀嚼した。

閉じたまぶたの裏で
――それは、なだらかなスクリーン――
立ち枯れの影がたゆたう。
紙包みを手に、影は教室の窓から
眼下に私を見ている。
（フィルム）の映写が始まったようだ。

（恥じらいの全てを、白いダウンコートひとつでは覆い隠せなくて、おおかた羽毛と共に溢れてしまった。あの日、それらを紙で包んで、影に手渡した。お互い何かのさなかにあって、私が言ったことばは届かなかった。ゆえに身勝手な祈りのもと、影はたゆたう。窓から入る風は、死のにおいがした。見下ろせば道の上、溶けだしたものが陽に光る。雪解け水の流れを指し示し、ときに振り分けながら
「凍ったり、蒸発したり

そういうの面倒だよね」
と私の隣で影はつぶやいた。
あのときマンホールの穴へ消えていった水のうた声が、この足の下で響くなら、
私もすぐさま影の水脈となって「あなたを迎えに」)

視線を感じて振りむくと、
酢飯の穴と目が合った。
水気を失ったその穴を
立ったまま食べさせられている、
三歳の私もこちらを振りむく。
(忘れられない、
忘れたくないだけかもしれない)
ステンレスの流し台を
醤油が

たらと茶色く歩いていった。
排水溝へ逃げるように転がり込むので
指し示す間もない。
台所の小窓に
白い雪がへばりついている。
まだぬめりの残る私のおやゆびに
お酢ときゅうりのにおいが
まとわりついている。

私は〝すべて〟を覚えている

うつぶせに横たわると
力んだあごもいつしかゆるみ、
〝すべて〟が床の上にあることを
私は実感する。
卒業式はあっけなく終わり
私は中学校の全課程を修了させられた。
三年間を掻き分けるように丸め、
筒の中にスーッと押し込んだ。
けれども〝私〟は終わらない

修了することができない。
／ときとして
奥歯に林檎の皮がはさまることがある。
舌先に突かれ、
林檎の皮はかすかに抗ってみせた。
そのことに三年間を投影する。
頭の骨のつなぎ目には
何がはさまっているのか。
私は頭の上に手をおき、
ぐしゃりと髪を掴み取った。

秋に色めく木立の奥に
車窓の照り返しが見える。
ひきよせた枝から葉を淡くこぼして

私はその光へ近づいていった。
陽光は幹に吸われていき、
車窓はぼんやりと
切りそろえた前髪を映す。
私の握る枝が
黄色い吊り革の手となる。
車両のつなぎ目には
学生服の男子たちがかたまっていた。
彼らは衣服を含むあらゆる事柄が
ずり落ち、腰に集約されている。
スカートの折り目に指をかけながら
私は靴のつま先に目をおとした。
どこから降ってきたのか、
つま先に何かが食い込んでいるのだ。

それは革靴を鈍く光らせ
静かに這いのぼってくる。
頭上を見上げれば、
吊り広告が天井を踏み分けて連なり、
自身のことばを降らせていた。
木々が葉を落とすように
ことばを電車内に積もらせる。
拾い上げた一枚の落ち葉を手に
私の声帯が震えはじめた。
学生服の集団を見すえ、
たのしい式歌をうたう。
「恨まない、憎まない、デクノボー呼ばわりしない。ただ、私がここにいるということをけして忘れさせない。存在を浄化して青いホチキスに食べさせたら〝自殺〟(——行為ではない)。私は〝すべて〟を覚えている。義務教育九年間、誰かが口にしてきたすずろごとの〝すべて〟を、今ここで吐き出そうか。それとも、ひりりとした夜の意識下に連れこんで、焼けた氷を舐めさせようか」
よどみなく流れ出た歌声は
緋色に染められたのち、レイアウト。
鮮やかにさばかれ、頭上を埋めつくす。
天井に揺れる私の広告たちは
みずから声を発する。
「私は〝すべて〟を覚えている」
そろって紙をふり乱し、彼らは叫んだ。
響く。
車両を突き抜け、
ドアを押し開き、
線路を走って、
駅を脱する。

そして、その声は
古びた校舎の壁に突き刺さった。

終点のアナウンスと共に
半年遅れの卒業証書が
天井にさんざめいている。
私は
〝すべて〟を
修了したことを
証された。

産声を生む

健康診断の日

白いそでが振られた後はいつも
〝異常なし〟
赤い押し印が舌を出しているから
過ぎたことさえ、居心地が悪い。
ブラウスのボタンを留めながら
健康カードに目をこらすものの、
舌の引っ込む気配はなかった。
私は仕方なく順路に従い、保健室を出る。
「いたっ」

ささくれた影を踏んでしまったようだ。

かかとをさすりながら辺りを見渡す。

理科室の入り口に

白衣姿の不格好なマネキンが影を伸ばしていた。

青白いその手は、生物部のポスターを

しっかりと握りしめている。

彼の頰に手を伸ばした瞬間、頰の肉が削げ落ち、赤い筋が露になった。マネキンは目線をたもち、血管を分枝する。私に触れられて、本物の血肉を感じ取ることは彼にとってどれほどの恐怖だろう。セルロイドの肉片を拾い集め、欠けた部分にはめていけば、それはにわかに、ふっくらとした頰を成す。筋肉があって、脂肪があって、微かにほころんでいる。右手はその冷たい頰においたまま、左手を自分の頰にあてがった。さすってみると、確かな熱と共にうぶげが逆立つ。

そのとき、白いそでが垣間見えた。

一瞬身をすくめてしまったのに、
だんだんと
私はひきよせられる。
理科室に入ると
白衣を身にまとった男が顔を上げた。
「入部希望者かい？　見学してって」
そう言いはなち、
親指ほどのカエルを白いそでで黙々と運ぶ。
横の水槽をのぞきこめば
何かがさっとうごめき、水に流れが走った。
しっぽのかたまりが、ぎょっと水槽中を駆けまわる。
〝サンショウウオ〟
小さなプレートがくくりつけられていた。
先生らしい男は、袋から水草をとり出しながら

「サンショウウオの指を数えてみろ。
四本、四本か。
じゃあ、後ろ足の指は何本だ？」
私は健康カードを握りしめ、
サンショウウオへじっと顔を近づける。
グシャッ
勢いあまってカードをつぶしてしまう。
私と〝異常なし〟が
重なり合っては食い違う。
（私の足は二本、です。指は）
「五本です」
晴らせることができるのか。
教科書でさえ
世界を煙にまこうと必死だった。

ロッカーに鍵をかけるように
身を軽くすることはできない、これぱかりは。
私が黙って人体模型をかえりみたからだろう、
先生は申し訳なさそうに
「あいつ、わざと欠けてみたりすることがある。
人間になりたいらしくてね」
ともらした。
「先生、健康な人間なんて存在するんでしょうか」
「いるかもしれないけど
あいつは興味ないんじゃないかね」
セルロイドの肉片は隙間だらけだった。
いつでも取り外して、
真っ赤な血潮を見せつけられるように。
「そうだ、身長は伸びたのか」

「伸びましたよ！　これくらい。
じゃあ、また来ます」
今、すべてが伸びている。
一度たりとも私の中で
色や音が途切れたことはない。
階段を駆けのぼり、
その先の踊り場もふくらはぎで流す。
私と同じ目線のビルが
ゆっくりと光にうつむいていく。
「理科教育の熱心な高校ですって」
理系の母をもてあましながらも、
白いそでにすくいとられるようにして
私はここに存在している。

〝幼い〟という病

床の木目の合間から
すっくと切り立つ。
日が傾くにつれ、
熱をさらっていく冷気に
懸命だった私の頬。
赤く染まることに
思いをかけなければ
生きてはおれない、
そう夕日に迫られていた。

幼子の指に髪のリボンをきつく結ぶ。肉は紫にゆらめきはじめる。この指は私のものなのか？　だとすれば、〝幼い〟という病を治す方法はこれしかなかったから。ブラウン管に映りこむセーラー服の少女たちは、街を越えて、月までとぶ。

「私もとばなきゃ！」

結び目を解こうと、やっきになるが、リボンは赤い唇をさらにすぼめてみせた。少女たちは高らかに手を振り声を上げ、変身していく。月に代わって、悪しきものへ立ち向かう。

私もセーラー服の戦士と同じ、

膝丈の赤いスカートに足を通す。

いい子どもと、いい女はちがう。

だから、病を断ち切るために

月光が唯一の刃《やいば》だった。

やわらかな刃文に手をかざし
朽ちかけたベランダに
足を踏み入れる。
三日月がきれいという感覚に
まだ支配されていなくて
そのかたちが
ただただ、心地よいと思えた。
「だめ！　そこにあがっちゃだめ！」
母の声に振り返ったとたん
ギシリ。
足元が大きく音を立てた。
母胎から一気に流れ出す星々を
さっとかきわけてみれば、
私は三歳児。

その目覚めはすみやかだった。

幼子をのせたベランダからは今も
危うい音が聞こえてくる、
三日月の片割れを埋めるように。
されば、私は学校帰りに
月までとばなくてはならない。
爽やぐことを忘れた
制服のすそを引っ張る。
月気を帯びる今日だから
夕焼けの色に、染まらぬように。

母にたわむれる赤

母の黄色い買い物かごの中で
たわむれる赤。
手を伸ばし、
そのくっきりとむすばれた果実を
私は口にする。
遠ざかる。
甘さにほだされた舌の先から
私と母は離れてしまう。
待って！

りんごを抱いたまま
母を追って青果店を走り出た。

りんごの皮をむくには、まず包丁に親指を添える、と母に教わったとき、波風のたて方を知ってしまったように思う。私は間違えて包丁に親指をそなえた。たちまち親指は血を滲ませる。怒る母と、ぶたれて泣きだした私の前で、手持ち無沙汰にりんごがころがっていた。
今、胸に抱かれたそれは
私が息を切らす度、
さらに赤く色づいていく。
母と共有できる果実を今度こそ描いてみせよう。
気後れせずにスケッチブックを開いた。
母が探しているのは、
赤く熟した利口な果実。

その温度を、手ざわりを、
光が暴く前に私が照らす。
母にたわむれる赤でありたいから。
親指を切れば血が流れ出る、そう認めて
かじかんだ指に白い息を吹きかけたとしても、
それは赤い果皮と、白い果肉にはなりえない。
けれども、私の肉は赤く、骨は白い。
それは、母と一緒なのだ。
このからだそのものが果実であったなら。
そう願ったとき
りんごが激しく脈打った。
その赤く腫れあがった肌に散る星々が
光り、はじけとぶ。
私の手からあふれたりんごの赤は

街に流れ渡り、
ついに、一枚の星図を成した。
私は果実。
まだ青いこの身をもてあまして
星図の中心に立つ。
荒い波風をたてながらでも、
呼び続けよう、母の名を。

「私が詐欺師だったなんて
今でも信じられない」
と、私は鏡に向かって目を見開いた。
女の腹の中でただよっていた十ヶ月
私は生きてもおらず、死んでもいなかった。
だのに、詐欺師でありえたのだ。
小波のようなひだをつまみ、腰の辺りからワンピースの裾をひらりと持ち上げてみる。布と身体のはざまにできた空間を私は孕む。空間を包含する新たな子宮を骨ばった片手で描いた。その線に沿って、臍は細くとがる。腺の内に濡れたからだの重みを感じ、私がそのことを伝えると、鏡は胎児をおもむろに反射する。

（生きてもおらず、死んでもいなかったころ、すでに私は娘を演じていて、愛されるだろう適切なリズムで鼓動を打った。そのリズムに忠実なころあいで足をのばし、女の腹をける。すると、女は声をはずませて「アラ！　きっと可愛い女の子ね」まさか、それが詐欺であったとは。両親をだました私自身も、自分は愛らしい娘だと信じて疑わなかった。しかし産声を発する直前、何かを間違えて生まれたように思え、口をつぐんだとき、おのずとあやまちに気がついたのだ。あのときのせいなのか、未だ伝えきれずに、紙の上で私は産声をあげ続けている）

赤く染まった紙の舟を手にのせ
息を吹きかけると、揺れる。
目をこらせば、
舟の小さな甲板の上を
女たちが歩いていた。
水夫が重たげに甲板へよじ登ろうとすると、ひとりの女が片足を差し出す。彼女が喜んでその足首にしがみついた途端、女は足を大きく振り上げ、風を切った。彼女たちはそうして水夫を舟から落としているので、内実はもっと激しく揺れているに違いない。
舟を握りつぶせば
赤黒い生あたたかな液体が落ちる。
二滴、三滴。
その切迫した色の呼吸に

部屋が飲まれていく。
液体は腰元までうちよせ
ワンピースを真っ赤に染めあげていた。
穏やかな波の調子でひたひたと
鈍いうずきが引いては満ちる。
その穏やかさの持ち主は
おどろの髪を振りほどいたように赤い海。
私は口元にさえ
痛みの満ち引きを示してしまう。
だから、うっかり微笑んでしまうと
みんな
「身ごもっている！」と合点して
私の足を開こうとする。
だがその瞬間

舟に金魚のごとく掬いあげられた。
すぐさま私は甲板に立ち
つま先で上手に水夫を落としていく。

『私』

鏡を見すえるとき
舟は傾き、赤い血を一滴こぼす。
もう一度詐欺師になろう、
〝女〟が私に耳打ちする。
醜い自分など堕ろしてしまえ、
とワンピースのひだを引っ張る。
その手から逃れられない私は

紙の上で何度も私を産み落とす。
産声を生む
ただそれだけのために
私は私を孕まなくてはならないのだ。

雨に濡れて、蜜をそそぐ

金魚

赤い金魚が
湯舟の波にもまれている。
水面に浮き上がってきては、
華やかな尾ひれを振って底の方へ。
私も同じ湯に浸かりながら
金魚をつかまえようと、
手の平を泳がせる。
「いまダッ」
とすくいあげた湯の中に浮かぶのは、

ゆるやかな波紋のみ。
探してみれば、私のひざの影に
ほくそ笑むその姿があった。
まぶしいほどの赤に
目の焦点がきりりと結ばれた。
湯舟から
そぅっと足を動かし、腰を上げる。
にもかかわらず、波の行きしな
新しい金魚が現れた。
金魚を生んでしまう私の身体から、逃れる術はないものか。
だって金魚はかわいい、私の赤い子宮内膜はたいへんかわいいので……私は緑色の洗面器片手に湯舟と向き合った。浴衣を着つけてもらい、母に手を引かれ歩いた縁日。下駄で踏む土の音とにおいは心地よくて、私に果てを見せない。鼻の緒が食い込み、痛みで仲間はずれにされた親指が、いかにも嬉しそうだっ

ゆみちゃん。ゆみちゃ「アッ金魚よ、ゆみちゃん。ゆみちゃんの帯にも似てるねぇ」私は驚いて、自分の腰に結ばれたそれを確かめる。まぎれもない、金魚の赤い尾ひれが、私の腰に垂れていた）

と、思ったら大違い。

湯舟に腰かけ、
つかまえた三匹の金魚を
私は手の上で愛でる。
指先に吸いついてくる彼らを
今すぐ水槽に放して、部屋に飾っておきたい……。
一瞬頭をかすめた思いつきが恐ろしくて
金魚ごとシャワーで流した。
つま先が湯に打たれ、うす紅色に萌える。
ほの暗い子宮をただよう金魚たちが
いっせいに身をひるがえし、
私の方へ降りてくる。

黄身を抱く

水玉模様のバッグの中で揺れる、二つの乳房《ちぶさ》。
その片方をむんずと摑み、手の上でころがす。
アルミホイルに包まれた握り飯は
大きさや重さ、
少し塩からい肌も
女の人のそれによく似ている。
ふたを開けながら思う、
この安っぽい弁当箱の中に入っているのが
愛じゃなくてよかった。

朝の喧騒が生々しく残る自然解凍のおひたしに
私はほうっと息をつく。
けれども、弁当箱の二段目を
無視することはできなかった。
黄色い二つの目玉が
そこから私を見上げている。
「わたしを食べて!」
歯医者の父が、律儀な患者さんから
治療のたびにいただく、
八つのゆで卵。
白く濁ったビニール袋の中でひしめく卵たちは
冷蔵庫の隅を占領し、食卓の洗礼を受け、
ついに私の弁当箱へ侵略してきたのだ。
彼の黄身は白身の真ん中に

きちんととどまっているけれど
私の真ん中を打ち抜くものが
いつも私であるとは限らなかった。
腹に熱い手をあてがう。
もうすぐ、この身体から粘液をまとって
〝女〟が吐き出されることだろう。

〈鍋の中でかき回される菜箸が、底をこすって一定のリズムを鳴らす。知らない台所の知らない火にかけられた湯の、懐かしい温度を殻ごしに感じた。黄身の動いた跡を、あたたかい粘液が濡らしていく。一方で、私の身体は冷たくなりはじめていた。握りしめたこぶしの中、指の感覚が失われる。身をよじろうと足に力をこめるが、枷《かせ》にはめられたように動かない。首の後ろ側、うなじの辺りへ熱があたらしい言語を語りだす。私はその意味がわからないので、苦しい。止まりかける息を、〝こうしてたどりついたこの場所こそが子宮なのだ〟

と信じて、繋いだ。〝生まれたい〟その気持ちのまま、私は必死で鍋の壁に身体をぶつける。「あッ、蹴ったよ!」どこからか、そんな声さえ聞こえたとき、股に激しい痛みが走った。見ると、割れた殻が私のそこに、深々と刺さっている。その光景は、沈みきる間際の太陽に立ちすくんだ幼い私を、鮮明に呼び起こした。
どろり、
笑みをときほぐした黄身は
私の股から世界へ注がれていった)

目にする。
今まさに箸につつかれ、
ぬめりとした穴の中へ
運ばれようとしているゆで卵。
覚悟しきったようすで

黄色い目は訴える。
「わたしを食べて！」
そのまなざしが空腹《こうふく》をつらぬいていく。
黄身を抱く白身のように
私は〝女〟をぎこちなく抱きよせた。
まだ熟しきっていないそれは、
誰かの口の中に落ちるのを待ちわびながら
私の内を伝い流れていく。

まつげの湿地

見開いた瞳の奥、眼球に塞がれたその先に
さらに〝目〟を、
いくつもの瞑った〝目〟を抱え込む私。
こめかみに指を這わせ、その一つを取り出してみる。
青白く、薄いまぶたに包まれたそれは、やわらかかった。
あたためれば卵のように孵るのでは、と思い、
やさしくなでてみる。
揺り動かしてもみたけれど、
彼はかたくなに眠っていた。

では、内から発せられ、
私の胸を叩くあの視線、
背骨の川を、その支流を
渡っていく者、
あれは　誰？

（瞳の奥地で新しい〝目〟を見つけた。そのまぶたの丘から、かすかに漏れてくるまなざしを見よ！　驚くべきことには、私の血肉の一部は目覚め、多くは眠っているということだ。どちらも脈打つ私に変わりはないが、わずかな目覚めにすがっていては、それさえ失ってしまうのだ。私は足を露で濡らしながら、まつげの湿地に分け入っていく。からだ、ことば、ひかり、全てをいま開くために）

大きな震動と共に

光が押し寄せ、目を打った。
長いトンネルを抜けた電車は徐々に速度をゆるめていく。
走る窓の向こうで、町は波のようにくだけた後
西日にくっきりとそのかたちを成した。
焼けた夕空は
私が見ているから、きれいだ。

骨の雪

喪服の黒い背中に
はらはらと降り積もる
骨の粉。
箸を握ったまま、ふと見れば
私の制服の肩も白い。
祖父の骨が箸を渡っていく。
叔父がさしのべたそれは、
まぎれもない、膝の骨であった。
（祖父の膝は温かい。そのぬくもりを求め、私は祖父の畑へ踏み入る。地中でふくらむ馬鈴薯のざわめき。とうきびたちが掲げるこがね色の冠。葉陰から覗く暗緑色のかぼちゃ。彼らに祖父の姿が浮かび、空を仰いだ。そのとき、何かがひたいに触れた。畑の土に、白い雪が重なっていく。降りしきる雪を、私は手足にまとう。祖父の畑は、初雪の朝となる）

骨を渡された私は、はっと息を飲んだ。

箸が思いのほか深く骨にめり込み、

まぶしい粉々をこぼしたのだ。

車いすに腰掛けた祖母が、

その細雪を見つめている。

あなたがいなくても、生きなくては。

素知らぬ顔で、生きなくては。

骨壺の中、

焼きたての熱い骨が

何ごとかつぶやく。

私たちは、泣く。

祖母が喉仏の骨に箸をのばした。
ふるえる二本が、小さな丸い喉の骨を抱いた。
あたらしい息吹を前に舞い上がる粉々へ
私は手を合わせる。
失っても失っても
こちら側にいる私たちは
生きていく、
骨の雪を積もらせながら。

雨に濡れて、蜜をそそぐ

母の乾いた指先が、
枯れた花弁を摘み取っていく。
カサッ……。
乾きと渇きが交接する音を聞く。
かすかに熱を帯びたその音に
頬を焦がされ、私は上気する。
母の手いっぱいにひしめく、枯れた花弁。
それは、身を横たえ、折り重なる老女たち。
——骨の軽さは花に似ている——

母は黙って、花弁を摘みつづける。
父が何を尋ねようとも、カサッ……。
私がそれを揶揄して笑おうとも、カサッ……。
カサカサかさかさかさ………。
この身に降りかかれ。
乾いて火の散る雨の下、
若者たちは傘に抱かれて逃げ去るけれども
私はこっそりとずぶ濡れになろう。
その場に
立ちんぼうで
満ちゆく乾きの雨に身をもてあまし、
みるみる老いていく。
花弁になる。
食卓におあつらえむきの小さなユリを

母はきれいねと慈しむ。
けれど、生々しく色づいた、
花弁だけが残るその花を
私は美しいとは思わなかった。
母こそが、美しい。
指先を枯らして生きる母の、娘だからだろうか。
枯れていく骨たちの疼きが
この身体からも、確かに聞こえてくるような。
乾いた指先には蜂蜜を……
私は花の蜜を掬い取り、
母の手にそっと指をからませた。

*

ロンド

夜の息吹が私の発する熱にはねのけられ、魚のように尾を振り上げる。触れるには遠すぎるし、見つめるには近すぎた。それでも打ち抜かれた胸の内をあばきたい。示したい。素手を差し出す、或いは取り戻す。オ前ハダレカ、という刃《やいば》を突きつけられる。その切っ先に研がれて、めぐる血潮はいつしか熱い。この身体はなぜ世界と接続を試みたのか。またしても、全てが打ち消され、〝私〟が動き出す。

まなざしは流れ、つむぐもの、射るもの、ほどくもの。そして再び結ぶもの。まぶたを落とせば、それは果てしなく生きる。緑の滲みわたる森、雫を落とす嘴《くちばし》、火が飛びたつ。さえずりを追う私の肩に、今夜も月がのぼっていく。その光のふところで、口火を切った。

お間違えのないように願う。確かに私は飛べず踊れずの一少女。だが、ひとたび活字の海に身をまかせれば、水をふるわせ、躍る。それこそ足になろう、ふくらはぎになろう、五本指の貝殻で踏みしめよう。指の先までことばとなろう。まなざしの四肢を引き寄せて、共に舞う。ロンドだ。この手は彼らを誘い込むことも、旅立たせることもいとわない。これが舞うということか、浮上するということか。たとえ、また心無い日常の底に引きずり込まれたとしても、そのさだめをかかとで愛撫し、さらに上へ。海原から顔を出してひとり、息継ぎのロンド！　その度に息を奪われるさだめと闘い、まぶたの裏側で躍りつづけよう。日常とロンドのはざまで、ことばとなって喘いでいたい。

単行本未収録詩

タニシの交差点

理科室の隅にある水槽の世界は
私には小さすぎて大きすぎる。
タニシは苦もなくガラスの壁をのぼるので、
私は落ちていった。
水は抱きよせることもなく
遠いここそこ話に耳をかたむけている。
この小さな水槽の世界さえ、
私には大きすぎた。
だから薄っぺらい爪で、

その世界をノックする。
タニシは赤い吸盤の唇をすぼめ、
笑ってみせた。
そうして
ガラスが真似たみにくい横顔を這っていく。
私の顔をタニシは一直線に横切っていく。

私はタニシの交差点。

水槽の石に生えたコケにうもれて、
私は息をするのももどかしく、
ただ目を見開いていた。
その瞳はうつろであり、
何も映そうとはしない。

「先生、このメダカ生きてますか」
白衣に手を入れたまま
先生は水槽をのぞきこむ。
「死んでるね」
どこか空っぽなその言葉は
桜色の廊下に水脈をもたらした。

生徒たちは手をふって水を搔きわけている。
私は尾ひれをふろうとする、
水は岩のようにのしかかる。
もう空を飛ぶことさえできないのか。
私は呆けていた。
自分さえも忘れて、
水に揺られていた。

顔もゆがんでさらわれる。
ああ。
尾ひれを小石にはさまれて、
旗のようにひらひらと
メダカが水に遊ばれている。
「きみも来いよ」
とばかりに旗をひるがえす。
その瞳もやはり死んでいた。
私は見開いた瞳を水底へ沈めていく。
まぶたの幕を下ろしかけると、
眼球はこしかけたまなざしで
自分の肉体を見下ろした。

私はメダカなのか？

また理科の授業がはじまる。
メダカはもう旗をふらない。
あの小石にはさまれているのは、私だ。
タニシは笑いながら私の顔に足跡をつける。
ひとりよがりな空想が一回転しながら
次々とメダカの瞳に飲まれていく。
私は水槽になげこまれ、体がしなった。
その一瞬に感じた汗のにおいが
私を深く侵食していく。
水の腕の中で浮き沈みをくり返し、
やがて水底にゆっくりと落ちていった。
のぞかなければよかった。
水槽の外では、

いつものように先生が授業をし、
生徒たちは手を挙げない。
自分を人間だと疑いもせず、
メダカの私は水槽をノックしつづけた。

校庭の雪が太陽の光を反射させている。
うけとめることはなく、閉ざされている。

海に立つ

かかとからつま先へ。水の穂になでられた足が波に映って、きりたつ。足裏はしろたえの丘である。波にこだまし、丘は光を芽ぐむ。

鮮やかな旭光は空へのたむけであった／わすれない。海面が綾もようにひろがっていき、潮先に指を這わせながらそれを掬んでいく。

器を満たし、氷魚とたわむれていると、手の中で無数の微粒子がこぞって映える。ひろげた指の間からこぼれて、消えぬままに落ちていった。器の底はほの暗く、私はまだ行ったことがない。（すなわち、私は落ちない）けれども、まばゆいものたちを追って素足で踏みだした。刹那、小さな波が引き去っていく。

そのこみちを駆ける私のからだが行きしなにうちよせ、やわらかな海岸線をむすぶ。

わたしの海をただよう私なのだ。


船べりに腰かけている私を、船乗りたちが不思議そうに見ている。

彼らの腕はたくましいが、いくつかは枯ればんでいる。

「船遊びはなさらないのですか」

私はふと尋ねた。こまやかな泡が消えゆくことさえわからない船乗りたち、陽光を背に受け、私に問いかえす。

「お嬢さんや、この船はどこに行くのだね」

私は、ともがらとしてとどまる魚たちを逃がし、手首をたんねんに撫でていく。青い魚たちはふりむかない。肢体をめぐる鱗ひとつひとつが海面と対になって／はなれる。やがて展望する一匹が、ウミツバメにとけたようだ。ほかのものたちもすみやかに。よって、空は初めて遠くなり肌身となる。これが最後のたむけである。おお涼やかだ私は。

「船乗りさん、お歌をうたいましょう」


舵とる翼がうずくたびに思いだすよ。

少女の魚の中に一匹だけ、船の方をふりむいた獣がいたことを。

あのときは気づけなかった少女だって、いまごろはよく知っているに違いないね。


満たされた器に水面がちらつきはじめる。からだを反らし見上げると、木の葉の影が揺れていた。おそるおそる影に手をのばす。にわかに辺りはあかるくなった。くぐもる沙が舞いあがり、氷魚のすがたは凝らしても見えない。私の手首がくべられたように赤くなる。

（木の葉から散っていくかたち――ひらかれたもうひとつの手首を意味しているのか――それは器をふるわせ、漁火をよびよせた）

潮のない海をまさぐる私なのだ。

海原を満身でうけとめ、初めて知りえるものがあった。波を手で起こすと、山のいとなみに触れる。さざめごとなのか。しかし、船べりがしっとりとした緑に覆われていく。立ち上がった水はいくえにも刻まれて吹きだし、草木にかわる。私の横を、一瞬にして山犬が駆けていった。そのあとを追い、くれない色のツタが競い合うようにのびていく。山ひだにからまると、大きくたなびいて地面を真っ赤にした。

足もとから、ツタがもろく崩れていく。かがんで掬いとると、まろやかであった。

「私は砂浜に立ったことがあります。

けれども本当のことを言って、海に立ったことはないのです」

一匹だけ、ウミツバメになれない魚がいるのだ。吠えたいおもいにねじを巻かれ、満ち足りた海ではなく、研ぎ澄まされた三日月へ／とびこんでしまうために。

「立ちたいのです。海に立って、私を満たしていきたいのです」

船乗りたちは、向かい立つ潮風に口をつぐむ。船べりがなだらかにくぼみ、私のからだを海面へと引きつれる。ふり向けば、甲板だけになった船の孤島から一息に飛び立つ、ウミネコたちだ。(ありがとう、船乗りさん)踏みしめた水がつくねんと湧きだし、赤く染まっていく。空を映した海の潮が息をふきかえす/わすれない。

(すなわち、この器は海である)

しかけ絵本

電車のシートにはりつけの大人たちは
砂時計に火をともし
下へ下へ
たえまなく夕刻をつのらせていた。
すりきれたスクールバッグから
絵筆を取り出し
私はくまなく彼らを縁取っていく。
ささくれた筆先は光り、
針のように枝分かれしている。

分け入って確かめたいその歩みを
まなざしで問うた。
夕焼けに色めく窓を背に
大人たちのあかるい眼球から
私の塗りつけたニスが滴り落ちる。
制服のスカートはすぐさま
それをギンガムチェックではじき返す。

（大人料金のボタンを押した途端、四角い箱から母の顔が刷られ、手もとにハラリとおりてきた。雪のすえたにおいがする。風が吹きすさぶ。頰をすり寄せ、母は風にさらわれていく。慌ててきょろと追う目の起伏に、ホームをこえ、線路を走る肩がよぎった。
キヨスクの本棚の前でしゃがみこむ、私は図形になる。三角形としての体勢1

を模写されている。『あなたは見えない』という絵本を手にとった。開けば折りたたまれたページがそそり立つ。わたしはそのページ全体にしゃがみこんでいた。なるほど、確かに私にわたしは見えない。その核心をつき、しかけられた絵本。勢いよく絵本を閉じると、私は白いバラを赤く塗り替えたトランプの騎士を見習い、青いバケツにニスをそそぎ入れた。大人たちに光沢を与う使命／学生証明。駅員さんは赤いつめで定期券を差し出す）

電車の扉にはりつけとなり、
若い男女はかたく手を組んだまま
私を見つめている。
彼らの微笑みは完成され、老いを断っているので
ニスを塗る必要がない。
しかし、ふいにある思いつきが

電車の停止と同時に頭をよぎる。
私は自然とゆるむ口もとを恥じらいながら、
ふたりの頬に紅をさすため、筆をとった。
刹那スーッ……と扉が左右に開き、
そのように
はりつけの恋人は別れ別れになる。
驚き慌てた私は教科書をまき散らし
さいごに
『あなたは見えない』を床に投げつけた。
行き場をなくしても切り捨てられず、
私は右手の絵筆を見つめる。
何事もなく扉がしまりかけたとき
街は怖めず臆せず私をはかりにかけるのだ。
笑う街の流し目／器量悪い子、と。

（スカート丈を上げるため、女子トイレの個室で毎朝行われる儀式がある。幾度か折ったうえ、すそを引っ張る手首は矛盾。揺れるギンガムチェックが私の太ももから消えない。父は口からキャベツを出しながら、そのことについて言及しようとするけれども、ミジかい私はかかとから皮をむしられた果実。肉は痛々しいほどに青かった。）

急発進する電車の中
よりどころを失った片足は
あらぬ方向へ伸びていき
青いバケツを倒してしまう。
バケツから流れ出す液体の波は

『あなたは見えない』を
またたくまに飲み込んでいった。
されば視界は白くにごり、
私のまなざしを浴びた大人の呼吸が止まる。
ニスまみれの視覚はすべてを輝かせ、あざやかだ。
私は車掌室のガラス戸にもたれ
『あなたは見えない』を開こうとこころみたが、
すでにニスは乾ききって、
ぴかぴかとまばらに
表紙が光る一枚の板なのだった。
私は表紙に描かれた、絵筆を持つ少女の瞳を
直視できない。
たかが子どもにままならない。
眼球に筆先が触れる。

そして私は
わたしにおいて盲目となった。

渇き
「どうして書こうと思ったのですか」
放送室の機器類をぼんやりと眺めていた私は、驚いて顔を上げた。
インタビュアーの彼女は私を見すえ、この口から吐き出されるであろう答えを、
じっと待っている。握ったシャープペンシルも、おそらく汗で湿っている。ブ
レザーの胸元で放送委員バッチが光る。そうして返答をうながされた私は、彼
女のまなざしを汲み取り、水のように吸い上げた。
そこには例えば、
子宮壁を蹴る赤んぼうの
「生まれたい！」という意志が

まだ残されている。
私はおそらく
そんな赤んぼうではなかった。
しかし、赤んぼうの時代が終わっても
私は息を吸うことさえうしろめたい、
乾いた子どもだった。
そんな私が入った器は
乾いた心に反してまだ幼く、瑞々しい。
周囲は、その瑞々しさを褒め称えるばかりで
乾ききった中身になど全く気づかなかった。
だが、乾いた私は、水に出会ったのだ。

水は読むことができる。

表紙をめくった指を伝い、押し寄せる水。
白いページと黒い活字だけが、私の色になった。
色盲になったようだった。

水は書くものだ。

水を自分のものにしようと話しかけ、
そっと舐めてみるなどする。
ついには、はらばいになり
水たまりをむさぼった。

口の端をぬぐいながら、ふと水面を見下ろすと
鬼のようなものが舌なめずりし
血走った目をぎょろつかせている。
私は遠い誰かに投げかけるように思った、
このまま
水たまりに溺れて、殺されてしまいたい、と。
以来、そのことを切に願うとき
快い渇きが私を襲うのだ。
だってそれは、乾いた私の最初で最後の意志。
「書かないと、死んでしまうから」
ボソッと口にしてみる。
インタビュアーの瞳の奥にある
赤んぼうの意志が、泣くのをやめて
私の顔をのぞきこんだ。

傷あと

黒板の傷あとは
ノートに写し取られることがない。
口をつぐんで、
文字の陰に浅く沈んでいる。
ないものとして、さらされている。
けれど、いつしか迫っていたのだろう。
治癒する間もなく、
傷はこの胸へと忍び入った。
熱をかき抱けばからだじゅうを

星がみっしりとおおいつくすような、
あの感覚は
朝の教室にもありえたのだ。

傷ついた理由は知らない。私がその傷と近しくなったのは、先生の背後で彼だけが息をしていたから。数式の向こうでめくれて、風もないのに、ひらめいていたから。この身はノートのように気丈で、まっさらなページを汚していった。

「何にも手を引かれずに書いていく決意」

それだけの凶器片手にどこへ行こうか。私自身にさえ、私に傷をとどめておくのは難しく、紺色のカーディガンの毛玉をつまむ度、忘れられていく。血を流しても、たちまち暗くふさがって
（（チャイム））

生まれ落ちる前の入口に立ちかえっている。

顔をおおえば、
まぶたも傷口の一つとなる。
切り裂いた腕や
うなじやふくらはぎの
あまねく傷に目が開く。
からだじゅうの眼球たちは
私をぐるりと眺め渡し、
くまなく痛みを照らし出す。
腕時計の裏側が
まぶしいことを教えてくれる。

ページがめくられた後で、
チョークの文字が消された先で、
からだ以外の何を残せるだろう。

まずは、うんと私を遠ざけて
他人にしてから愛しむの。

　彼女が公園で詩を朗読するようになった経緯を、どうやって説明しよう。それは、うんと上手に伝えなければ、わかってもらえそうにない。あらゆるお話が一言で済んでしまうなら、誰が詩なんて書くものか。と、これは彼女の受け売りだけど。

「煙にまいてみたいだけなのね。むかつくじゃない、さも簡単そうに解釈されるのって。たとえ内実はしごく単純でも」

　彼女は、ひょうひょうとぼくに告げる。

「いてもたってもいられなくて。だからって、爆発的な衝動があったわけじゃないの、よくよく考えてのことだったのよ」

どうやら熟考に熟考を重ねた上で、彼女は家を飛び出し、公園へ繰り出したらしいのだ。

「世の中には読者になりうる人間がひしめいていて、どっぷん、やかましく波音を立てる。だのに全く、詩を読む人間は何リットルか？　量ったことはないけれど、0が一個少ないからには、そんだけ難儀な事情があるってね。

——それがどうした。わたしには、さして重要とも思えない。たかが0の一個や二個が生意気な。読んだ読まれたの何がそんなに偉いのよ。たった一杯だって構わない。目盛りのないガラスのコップを握りしめて、その海に立ちふさがってやる」


コートやマフラーで着膨れたその姿を見て、誰が「彼女はこれから詩を読みに行く」と思うだろうか。自転車のかごに傷だらけのＣＤラジカセを放り込み、膨らんだ通学鞄をその上に重ねると、いよいよとばかりにペダルを踏み込む。彼女の瞳がらんらんと眩めき、車輪の回転に家々は押し流されていく。

煤けたビル街と、葉を落とした街路樹に抱かれて、その公園はあった。公園の通り道に、スケッチブックの看板を立て、ラジカセの傍らに彼女は立つ。その前を、依然として歩き続ける人の群れ。彼らは下を向き、せわしなく腕を振りながら、あるいは携帯電話の画面に何かを探しながら、るいるいと足を運んでいる。ひとりひとりの事情は伺い知れない、されど隣合わせた人について何ら知らなくても、その人を追い抜くことに支障はないのだ。

その光景は、彼女に「十四歳のちっぽけな少女に過ぎないこと」を突きつける。冷えきった風が肌を撫でていくとき、白々と彼女を貫き、安堵させる。何者でもない自分としてここに立ちすくんでいれば、彼女の内で失われるだろう「何か」も、とどまり続けるかもしれない。

やがて、二つ折りにされたコクヨ四〇〇字詰め原稿用紙の束を取り出した。それは詩、正確に言えば、詩を写し取った紙切れ、彼女の手による唯一の詩集だ。ラジカセのスイッチを入れ、彼女は通り過ぎる横顔目がけて、声を放つ。それは既に詩の体をなしておらず、少女の叫びにしか聞こえない。人々は歩き去っていき、淀みなく流れる一つの壁となる。声を飲み込む度、その壁は大きく脈を打つ。

彼女はぐんぐん声を高める。凍えて真っ赤な耳の中で、声は悲鳴に近づいていく。悲鳴？　悲鳴だろうかそれは。いや、誰にも届かないのなら、悲鳴ですらない。彼女は無を発し続ける。無を無を。人々の歩く速度が心なし速まる。彼女は流されぬよう、ローファーのつま先で踏ん張り、原稿片手に発熱する。

「あんた」

道から男が近寄り、退屈そうに声をかけてきた。

「何してるの、こんなとこで」

彼女は中断せず、そのまま無になりそこなった何かを発語する。男と知り合うことを目的としない、彼女の発語行為。まるい黒目で男の体を見すえると、彼の肢体へ言葉を振りまいていく。

男は片眉を上げ、褐色のコートの背を向けた。道を行く人々が、その途端一斉に振り向く。飲まれる！　と、彼女は咄嗟に原稿用紙をかき抱く。

ひとすじの線を結ぶように、声が途切れた。ラジカセの音があたりへ虚しく散っていく。すべらかなガラスのコップがひとつ、手の中にある。

「一杯がこんなに重たいなんて、わたし知らなかった」

うつむく彼女の足下に、無数の雪虫が風にあそばれていた。彼らは手足をこわばらせ、はためく羽を自らの墓標としている。彼女はその墓にしゃがみ込み、六時の門限を待ち暮らす。

「悪くないのよ、死んでみるのって」

今朝の教室で、彼女はほとんど息を吹きかけるようにして、ぼくの耳にささやいた。ぼくが目を剝くと、微笑して

「これは、あなたの隣に座っている朗読少女の、お話」

あとがき

〝あこがれ〟が「何となく」かたちになってしまうのを感じるとき、そこから一歩後ずさることが、私の自然である。

無自覚に成してしまうこと、その恐ろしさを知る以前――十四歳の冬。自分を取り巻く世界に「流されるまま」生きることは、たまらなく卑怯に思えた。私はいつだって、この世界とフェアでありたかったのだ。そのことが、かえって自分をあぶれさせると気づいたときも、言葉ではない〝詩〟に何度も振り向かされた。

そんな私にとって、〝詩〟とは、紙に整列する活字ではなく、日常の中で心や身体に起きる、生きた〝現象〟である。だから、〝詩〟を遠ざけながらも、それを「目撃したい」と思っている方々に向けて、この詩集を編んだように思う。十四歳から十七歳の間に書かれた、これら二十四編と向き合う日々。重なり合う声を、紙からひとひらずつ剝がしていく営みは、くるしいものだったが、それは何者でもない、私自身の確かな意志によるものだ。

ここまでつらぬくことができたのは、思潮社の亀岡さん、三木さんの励ましがあったからこそ。そして、装画を描いてくださった森本めぐみさん。皆さま、ありがとうございました。

〝あこがれ〟はかたちになることにより、自分の手を離れていく。それが自身の選択であるなら、代わりに背負っていくものは何だろうか。その計り知れなさに転んでしまうこともあるかもしれない。けれど、元々つまずきやすい足ならば、何を背負うも同じこと。唯一、それが私の強みとなる。それが私の骨となる。

二〇〇九年八月二十六日

文月悠光

文庫版あとがき

「これが最初で最後の一冊になる」。十七歳当時の私はそう信じてやまなかった。その頃、人生は一瞬で尽きていく気がしていた。「女子高生じゃなくなる」という終わり以外に未来を想像する余地もなく、世間知らずゆえに、世間の厳しさを恐れていた。だからこそ「精一杯、後悔のない一冊を、人に広く届く詩集を送り出そう」と固く決めていた。

きっかけは編集者の一言だった。「今年は詩集出しましょう！」。二〇〇九年、年賀状の片隅に書かれていた一行に心動かされ、十七歳、高校生活最後の一年がはじまった。以降夏の終わりまで、初めての詩集に全身全霊で力を注ぐことになった。

十一年後の現在、改めて本書に向き合い、愛憎入り混じる感情を抑えきれずにいる。本書は、未来へ連れ出してくれた第一作であると同時に、人生を大きく変えた運命の一冊だ。「散々振り回して」と昔の恋人のように憎らしく思う。ただ、言葉と苦闘した一〇代は、数少ない誇れる記憶でもある。

「文月悠光」という名前も、十四歳のときに詩を投稿するために考えたペンネームだ。ちょうど本書の「天井観測」や「タニシの交差点」を書いた頃のこと。以来、世間一般の「黒歴史」や「赤裸々」を疑いながら、中二の少女がひねり出した四文字を名乗り続けている。

この本が呼び寄せた波紋すべてに、私は負けたくなかった。「最年少」「女子高生詩人」という記号が常について回ること。教室を舞台にした作品を書く度、「文月はいつ学校を卒業するのか」と問われ、返答に窮したこと。まだ若いと言っても、「現役高校生が学校を題材に書く説得力・インパクト」には太刀打ちできない。だから東京の大学に進学した途端、「何を書くか」という壁にぶつかった。逃げ場のない葛藤の成果は、第二詩集『屋根よりも深々と』、恋愛をテーマに編んだ第三詩集『わたしたちの猫』にあらわれている。

首を傾げる。私は顔も上げられないほど様々なことを恐れ、恥ずかしく思い、うつむいて生きている。なのに活動を追えば、まるで人生に必要な恥じらいを捨ててきたような有様だ。詩作に没頭する一方で教室に馴染めなかった学校生活は、エッセイ集『洗礼ダイアリー』で描き、「学生詩人」の肩書きを失った後の日々は『臆病な詩人、街へ出る。』で率直に綴った。どんな苦しい体験も言葉で彩り、読み手へ手渡してきたつもりだ。それしか乗り越える術を知らなかった。

二十九歳になっても、私は相変わらずだ。期限切れ寸前の「若さ」を首にぶら下げ、「適切さがわからない」と悩み続けている。二〇二〇年現在、感染症の脅威により、世界はいっそう混沌とした状況で、己の「正しさ」を試されるような窮屈さを肌身に感じる。「正しい嘘でごまかすな」と時折叫びたくなる。そんなとき、詩で真実を照らし出せないか、と自分の手に問う。

適切であろうとなかろうと、人は生きなくてはならないらしい。でも確信がない。この国の脆弱な地盤のごとく、その意志自体も絶えず揺れ動いている。揺らぐこと、ままならないこと、弱さを知っていくこと。それらは、強がりな自分にとって不本意で、ときに目を背けたくなる。

だからこそ眩しい。詩を書くことで違和感や怒りを昇華し、眉をひそめながらも、息を詰めて世界を見ていた、誇りに満ち満ちていた一〇代の自分が眩しくて、危うくて。「かつて大人たちが自分に向けていた視線は、この類のものだったのか」と想像する。すると、たちまち「過去を懐かしむための一冊じゃない!」と十八歳の私が通学鞄から本書を突きつけてくる。いつだって受けて立とう。過去を都合よく美化して浄化した気になることは、私が最も嫌う所業なのだから。

世界は、適切さや正しさの尺度を曖昧に振りかざす。そんなとき、自分自身を否定するのは容易だろう。でも寸前で踏みとどまれたのは、詩が私を見離さなかったからだ。詩が視界に飛び込み、泳ぎだす。その瞬間を見逃すものか、とペンを執る。

金魚を解き放つ少女が印象的な装画は『洗礼ダイアリー』に続いてカシワイさん、装丁は十七歳当時から憧れの名久井直子さんにお願いした。繊細で美しい推薦コメントは綿矢りささんに（帯をご覧ください）、熱い解説は『坂下あたると、しじょうの宇宙』の町屋良平さんにご寄稿いただいた。町屋さんの言葉は、私の不安を吹き飛ばし、強く背中を押してくれるものだった。本書がどんな解釈に晒されようと、この解説が詩の自由を約束するだろう。そして、このような幸せな文庫化をかなえてくださった筑摩書房の山本充さん。皆さま、ありがとうございます。

詩との出会いを予感しつつ、日常をやり過ごす人々。彼らを振り向かせたい一心で書いてきた。この世界を見届けたくて生きてきた。これからどんな光景が待ち受けるとしても、その願いの輝きを頼りに身を起こす。「つまずきやすい足」は、今も尚、私の「骨」だ。

誰よりうつくしく転んでみせよう。
何度でも　立ち上がって
ひとり踊りはじめる。
これは海だ。
わたしが知る　唯一の孤独と輝き。
どんな闇も跳ね返して
まぶしく生きる。

二〇二〇年十月十二日

文月悠光

解説

町屋良平

以前、作中で現代詩を引用した小説を発表したところ、「詩がわからない」という感想がいくつかあった。

私はそうした「詩がわからない」といった感想に対し、「わかる」と思った。しかしそれは私全部でそう思ったわけではなく、私の一部といった、切り離されていながら、同時にどこか繋がっている私だ。夢のなかの私を、起きている私で思うような。それは過去の私なのかもしれない。かつて私は同じことを思った。「詩がわからない」。その感覚はいまもあまり変わっていない。

詩を読むというのは危険な行為だ。危険な行為を「わからない」というのは当然の向きもある。この解説では、本書を通して詩を読むことがどのように危険なのかということ、そのうえで「わからない」と思う人にそれでもまた詩集をひらく機会がおとずれるための、ほんの些細な記憶になればよいと思って書いていく。

しばしば私は私を理解できない。くり返しになるが、夢のなかの私を起きている私が十分に理解したといえるか。しかし夢は起きている私の思考に、大きな影響を及ぼしてもいる。夢とは別に、人生のはじめとおわりに記憶をうしない「私」の認識の難しい私の時期がありうる。老いによってそれまでの記憶、つまり「私」をうしなう可能性はつねにあり、また幼児のころには記憶のない一、二年を過ごしている。「私」とは記憶の定まった「私」ではなく、定まらない記憶と定まった記憶のあいだにあるものでしかない。「私」にはいくつかのブラックボックスがあり、複数の「私」のあいだにしか理解できる「私」はない。複数の「私」を繋ぎ止めるのは言葉と身体である。それは私のみならず、他者や出来事、つまり世界との関係を結ぶ。厳密には「私」が「私」のためだけに理解する言葉はありえない。言葉は私と私以外を関係させ、それゆえに定まらない複数の「私」を仮止めし束ねるような役割をも担う。

詩のたのしみかたや理解のひとつの方法として、そうした関係に汚されない言葉の模索、というのがある。ある意味それは言葉に汚されない「私」という言い方もできるかもしれない。それは普段使っている言葉の文法や認識を置き去りにした世界だ。そうした「私」について徹底的に考え抜かれ表現されているのが本書であるから、この詩集を「思春期」「女子高生」という整理において読みすすめるのは「適切」かもしれないがまったく物足りない。そうした「学校」「制服」「少女」などの制度的な言葉と否応なく関係せざるをえない「私」に言葉をさしむけ、関係のすべてを丁寧に積み上げていくことによって「私」の輪郭線をつくりなおす。しかしそうした試みは波が満ち引くように常にうつろう。輪郭線は滲んでいき、

「私」の形態は定着せず動きつづける。

「水になりたい！」
風に紛れて、雲をめざし駆けのぼる私。

（「落下水」）

作品のなかで、言葉をまとう主体は動きつづけ円環していく。たとえば若さ、たとえば性差など、わかりやすいそれらの意味からだけでなく、なにかにつけて「私」はつねに彩られてしまう。言葉というもの自体が関係で成立するものだから、なにかを引かれ、奪われつづける「私」は言葉によって理解されるように存在させられているが、言葉によって存在させられていることによってすら、私は奪われ続けている。ここに読み／書きすることの原理的な暴力があきらかにされ、自覚された暴力のさなかにおいて何かと何かが関係する言葉の運動余韻のようなものが浮かび上がってくる。その運動余韻こそを「私」としてひきうける成熟と批評性を文月悠光という名が負っている。行分けと散文の形式をひとつの詩のなかで衝突させ、きわめて稀有なことにどちらにも強度差を感じさせず、均衡によってこそ表現される、引かれつづけ奪われつづける関係としての「私」を負う強さは文月悠光独自のものだ。

女の腹の中でただよっていた十ヶ月

私は生きてもおらず、死んでもいなかった。だのに、詐欺師でありえたのだ。
小波のようなひだをつまみ、腰の辺りからワンピースの裾をひらりと持ち上げてみる。布と身体のはざまにできた空間を私は孕む。空間を包含する新たな子宮を骨ばった片手で描いた。その線に沿って、臍は細くとがる。腺の内に濡れたからだの重みを感じ、私がそのことを伝えると、鏡は胎児をおもむろに反射する。

（「産声を生む」）

引かれる「私」を言葉によって満たし、「私」がありえた別の可能性を「産声」として上げつづける。そのおそろしさと困難を、作中で展開されるこまやかな手続きが見事に表している。加えて『女』『私』という作品の提示において、その語たちがそれぞれに再定義され、作品内の語が厳密に、清潔になる。この作品においてはそれぞれの語がこの作品のなかでしか生きえないような切迫感で選ばれつづけ、全体のつくりがそれを強く肯定しており、外の世界（たとえばこの社会）に取り出すことができないようになっている。語と作品の関係がここでしか生きえない形で定着し、それ以外の場に引き寄せてしまえば、たちまち死んでしまうだろう。このような言葉の関係を詩という。その運動が言祝ぐのは身体であると直観するが、紙幅の関係でそれはまた別の機会に考えることとする。ぜひ「産声を生む」と「渇き」という作品の関係がつくりあげる言葉の世界の底しれぬ奥行きにあらためてふれてほしい。

産声、つまり意味未満の言葉を翻訳するためのような言葉が要請される。おなじ主体から発せられる言葉の、翻訳の無限のような空間。その厚みの隙間にこそ「私」が召喚されるのだ。言葉によって奪われつづける私をまた言葉によって取り戻し、その満ち引きをふくんだ運動が「適切な世界」を問う。

突きたてられたコンパスの針をすり抜けようと、ページの端から／楓の葉が見え隠れしている。風につねられた葉先は丸みを帯び、葉脈をたどろうとしたとたん、黒い活字に埋もれていく。揺れ動くページの輪郭が角をすり減らし、描かれた球体を茄でこぼした。卵のよろいがてらりと光り、教科書は湯気の立ちのぼりに引き裂かれていく。

（「適切な世界の適切ならざる私」）

この冒頭連にみられる描写が素晴らしく、後半につづく幻想性を担保し読者をおどろくほど遠くへ連れていく。「教室／外界」が「教科書／私」によってまざまざと浮かび上がる、「適切ならざる私」にある「適切な世界」の描写／「適切な世界」にある「適切ならざる私」の描写として、際だってすぐれた細部が描出されている。形式と表現が互いを支えあい、細部の輝きを足場として、イメージの広がりにアクセルを踏ませている。

詩を読むことに慣れていない頃の私に、もし詩をすすめるならば、この詩を選ぶとおもう。詩の面白さのすべてとともに、詩を読むための入口と出口をも設けてくれているような、ひろやかな呼吸のしやすい器がある。それでいてどこも緊密につくられており、全体を読んでも部分を読んでも詩を読むおもしろさに満ちている。そうした側面においては第二詩集『屋根よりも深々と』に収録されている「大きく産んであげるね、地球」も捨てがたい。

よい作品はどこかしらから読者を連れてくると同時に、あらたな書き手を目覚めさせる。まだ文章を書いていない頃の私にこの詩を教えて、どの一行でも好きになってもらえたら、もっと早くたくさんの詩を読めていたかもしれない。それは、読む前の「適切な私」が「適切ならざる私」と高速で入れ代わりつづけるような、危険な読書だ。けれど、「世界」をすこしでもおしひろげたいのなら。それはこの詩集の受容のしかた／されかたともかかわってくる。他者を無為にラベリングしレッテル貼りしないために、「私」の満ち引きやその輪郭をただしく滲ませるような言葉がときに武器になる。

「学校」「制服」「少女」という強い意味を持ちがちな言葉で詩集としての形を強く保つような本書であるが、その実書き手はその意味の暴走のようなものを「適切」に突き放している。それでも「私」への距離感は読者である「私」にも関わるため、いつでも「適切ならざる」可能性を秘めている。読者が意味の暴力を心地よく自己愛に閉じ込めてしまえば、あらゆる

「私」は汚される。それも読むという行為の自由なのだろう。

しかし「私の言葉」の世界にとどまろうとすると詩は難しい。一度そこまでの「私」を手放してしまわなければいけない。その点で詩をはじめるということは、書き手より読み手のほうが難しい体験を強いられているかもしれない。はじめることにおいては、読むより書くほうがたやすい。しかし個人的な体験からすると、一度こうした読書体験にどっぷり浸かってしまうと、今度は「私」にとどまって読書をするのが難しくなる。文月悠光は「私」を読者に差し出し、読者の「私」と混交させて成立するような言葉を、けして作者や詩集の情報としてではなく、作品ひとつひとつで成立させているから、そうした危険な読書体験の第一歩を受け容れる器が大きい。隠すでも晒すでもない「私」の表裏一体の強度がこれほど担保されている詩はないかもしれない。言葉が成熟している。

このように文月悠光は登場したときから成熟した書き手で、この第一詩集からだけでもそれが充分みてとれる。自身の詩を冷徹に見つめ、観察する批評性が高いせいだ。それは「私」への批評性ともいえて、だからこそその射程は他者にひらかれる。文月悠光が選者をつとめた第54回現代詩手帖賞（水沢なお、マーサ・ナカムラを選出）の毎月の選評をみてもそれはあきらかだ。色々なタイプの詩人があるとしても、この書き手は自分の作品を切り離して、自作と他者の作をおなじ地平で観察できる（少なくとも、その出発点に立てる）書き手で、じつはそうした書き手は非常にすくない。

この詩集を手に取って「わからない」と思った読者は、忘れたころに文月悠光のべつの詩集、または他の詩人の詩集を手にとってほしい。「わからない」と思いながら詩と離れてすごしていた時間が、つぎにひらく詩集を前よりほんのすこしだけ光らせてくれるだろう。かつて私がそうであったように。

（まちや・りょうへい　小説家）

本書は二〇〇九年一〇月に思潮社より刊行された。
なお、単行本未収録詩の初出は以下のとおり。
いずれも収録に際し、適宜加筆修正をした。
・タニシの交差点　「現代詩手帖」二〇〇六年六月号
・海に立つ　「詩学」二〇〇七年二月号
・しかけ絵本　「現代詩手帖」二〇〇七年七月号
・渇き　「反射熱」第三号（二〇〇八年五月発行）
・傷あと　「別冊・詩の発見」第一一号（二〇一二年三月発行）
・朗読少女　「群像」二〇一一年一〇月号

ちくま文庫

適切《てきせつ》な世界《せかい》の適切《てきせつ》ならざる私《わたし》

二〇二〇年十一月十日　第一刷発行

著　者　文月悠光（ふづき・ゆみ）
発行者　喜入冬子
発行所　株式会社　筑摩書房
東京都台東区蔵前二―五―三　〒一一一―八七五五
電話番号　〇三―五六八七―二六〇一（代表）
装幀者　安野光雅
印刷所　凸版印刷株式会社
製本所　凸版印刷株式会社

乱丁・落丁本の場合は、送料小社負担でお取り替えいたします。
本書をコピー、スキャニング等の方法により無許諾で複製することは、法令に規定された場合を除いて禁止されています。請負業者等の第三者によるデジタル化は一切認められていませんので、ご注意ください。
© Fuzuki Yumi 2020 Printed in Japan
ISBN978-4-480-43709-9　C0192